Diese Novelle ist gewidmet:

Meiner Mutter Hanni Stoeck,
geborene Wagner,
meiner Tante
Elsa Schaab, geborene Wagner
sowie meinem Onkel
Willi Wagner,
dem Namensgeber der Geschichte,
und seinem Bruder
Albin Wagner, (Titelbild),
die beide in soldatischer Pflichterfüllung getreu ihrem Fahneneid im Kampf für Führer, Volk und Vaterland gefallen sind, und die ich deshalb nie kennenlernen durfte.

Robert Stoeck

Robert Stoeck

Der Wagner Willi

1. Auflage
(Neufassung)

Bibliografische Information der Deutschen Nationalbibliothek Nationalbibliothek verzeichnet diese Publikation in der Deutschen Nationalbibliografie; detaillierte bibliografische Daten sind im Internet über dnb.dnb.de abrufbar.

Umschlag, Illustration: Robert Stoeck
Lektorat, Korrektorat: Dr. Norbert Stoeck

Herstellung und Verlag:
BoD – Books on Demand, Norderstedt

BoD-Nr.: 1333193
ISBN: 9783746095493
E-Book ISBN: 9783752838305

Geleitwort

Millionenfaches Leid hat der zweite Weltkrieg über die Menschheit gebracht. Anzuklagen ist aber nicht nur eine krude Führung mit einer wahnwitzigen Agenda, erst willfährige Unterstützer, Verblendete und korrumpierte Mitläufer machten es möglich. Den perversen Zielen eines verbrecherischen Regimes hatten sich alle unterzuordnen, das Individuum zählte nichts. Was wir aber nie vergessen dürfen: hinter jedem einzelnen Opfer stand ein persönliches Schicksal, ein zerstörter Lebenstraum. Was noch schlimmer ist: ein moralfreies Regime und ein sinnloser Krieg zwang junge Menschen im verständlichen Überlebensdrang dazu, eine Seite in sich hervorzukehren, die sie in Friedenszeiten vermutlich nie kennengelernt hätten. Wir, die wir nie einen Krieg erlebt haben und hoffentlich auch nie erleben werden, sollten uns nicht anmaßen, ein Urteil über ihr Handeln zu fällen.

Nicht nur an der Front spielten sich Dramen ab, auch in der Heimat warf der Krieg einen großen Schatten auf das Leben der Menschen. Schlaglichtartig wirft Robert Stoeck einen Blick auf das Leben von Willi Wagner und dessen Familie während der Kriegsjahre. Ereignisse an der Kriegsfront, aber vor allem im idyllischen Eckarts, einem kleinen Dorf in der Rhön abseits der großen Zentren, bilden den Rahmen. Es wäre möglich gewesen, die Protagonisten deutlicher auszuleuchten und die Geschehnisse, die sich so oder in ähnlicher Form tatsächlich hätten zutragen können, in epischer Breite zu schildern. Dieser Versuchung widersteht der Autor: pointiert skizziert er einzelne Schicksale und schicksalhafte Begegnungen, zeigt auf, wie schnell der hoffnungsfrohe Traum von einem erfüllten Leben durch das banale Böse zerstört werden kann und so manche Episode nimmt eine unerwartete Wendung.

So wird die Novelle zu dem, was sie sein soll: die kleine Schwester des Dramas. Mit »Der Wagner Willi« gelingt Robert ein erstaunliches Erstlingswerk. Ich wünsche allen Lesern ein kurzweiliges Lesevergnügen und dem Werk die Anerkennung, die es verdient.

Dr. Norbert Stoeck

Vorwort

Obwohl mit reichlich Kreativität und Fantasie ausgestattet, ist mir das „Schriftstellern“ nicht in die Wiege gelegt. So schnell ich die der Novelle zugrunde liegende „Story“ entwickelt hatte, so lange dauerte es, bis das Werk schließlich zur Druckreife gelangte. Über Monate hinweg hat die Dualität von Beruf und dem Schreiben der Novelle mein Privatleben geprägt. Ohne massive Unterstützung in meinem privaten Umfeld wäre dies nicht möglich gewesen.

Mir ist es deshalb ein sehr wichtiges Anliegen, mich bei allen zu bedanken, die mich in dieser Zeit und bei der Erstellung des vorliegenden Werks unterstützt haben. Zuvorderst danke ich meinem Bruder Norbert, der das Lektorat und Korrektorat übernommen und meine Arbeit an dem Werk mit vielen Hinweisen und Anregungen begleitet hat.

Mein besonderer Dank gilt meiner Frau Carola. Sie hat mir nicht nur den Rücken freigehalten und mich immer wieder ermutigt, sondern auch großes Verständnis gezeigt, wenn mir im häufigen Auf und Ab die notwendige Gelassenheit abhanden gekommen war. Schließlich danke ich meinen beiden Söhnen Sven und Dennis, die die Entstehung des Werks mit Interesse und Neugierde begleitet haben; dies war ein großer Ansporn für mich!

Über ein Feedback, ob positiv oder negativ, würde ich mich sehr freuen

(robert-stoeck@t-online.de).

Robert Stoeck

Der Wagner Willi

Die Erzählung basiert auf einer fast wahren Begebenheit. Große Teile entspringen jedoch der reinen Fantasie des Autors. Namen wurden willkürlich gewählt, jedoch auf die jeweiligen Personen abgestimmt. Ortsnamen sind authentisch und dienen der räumlichen Orientierung. Ähnlichkeiten mit lebenden bzw. gelebten Personen sind nicht beabsichtigt, und rein zufälliger Natur.

„Der Wagner Willi" hallt es über das Feld. Eben gerade hat er es erfahren, als er im Laden stand, um Tabak für den Großvater zu holen.

Ganz bleich im Gesicht wäre sie gewesen und hinsetzen hat sie sich müssen, als der Postbote ihr das Telegramm in die Hand gedrückt habe, weiß Karl zu berichten, der gerade 12 Jahre alt geworden und in diesem Jahr in die Hitler-Jugend eingetreten ist. Seit dem Eintritt in die Jugendorganisation der Partei ist er nur noch in seiner schicken Uniform zu sehen, was seine Großeltern besonders stolz macht, denn auch ihr Sohn, Karls Vater, ist im Kampf für die große Sache in den Krieg gezogen. Er war gerade in dem kleinen Dorfladen, um Tabak zu holen und ihn seinem Großvater auf den Kartoffelacker zu bringen. Der Großvater ist damit beschäftigt, das Kartoffelkraut zu verbrennen, was für die Kinder im Dorf immer eine willkommene Abwechslung zum tristen Dorfleben darstellt. Beim

Krautauflesen findet man noch die eine oder andere Kartoffel, die bei der Kartoffellese übersehen wurde. Diese werden anschließend im Kartoffelfeuer geröstet. Nachdem man einen Teil der verbrannten Kruste entfernt, kommt das Innere der Kartoffel, das immer so herrlich duftet und köstlich schmeckt, dass nicht einmal seine Mutter, die beste Köchin der ganzen Rhön, sie besser hätte zubereiten können, zum Vorschein.

Über die Ladentheke hinweg konnte Karl sehen, wie Willis Mutter, die eigentlich seine Stiefmutter war, denn der Vater hatte nach dem Tod seiner ersten Frau noch einmal geheiratet und später haben Albin, Elsa und Willi, die Kinder aus der ersten Ehe, noch eine Schwester bekommen, die kleine Hanni, das Nesthäkchen, wie sie sie immer liebevoll nennen, mit zitternden Händen das Telegramm öffnete. Geahnt hatte sie es, die ganze Woche schon hatte sie ein komisches Gefühl im Bauch, genau wie damals bei Albin, als der erste Sohn im Oktober

1941 fiel. Vier Kinder hat sie aufgezogen, zwei Jungs und zwei Mädels. Die Jungs hat er ihr genommen, der gottverdammte Krieg.

Ein eisiger Wind zieht über das Schlachtfeld, seit fast zwei Wochen schon sitzen sie hier fest. Hier, das ist in Kotelnikowo, 48 Kilometer südlich von Stalingrad im Oktober 1942 und viel früher als erwartet hat der Winter eingesetzt. Schnee und Eis behindern den Vormarsch und die unerwartet starke Gegenwehr der sowjetischen 2. Gardearmee und des sowjetischen VII. Panzerkorps lässt die Deutschen mehr und mehr verzweifeln in ihren mühselig in den gefrorenen Boden gehauenen Schützengräben. Neben der Angst, jeden Moment von einer Kugel tödlich getroffen oder von den Splittern einer Granate zerfetzt zu werden, ist es die eisige Kälte die ihnen wegen mangelnder Winterkleidung zu schaffen macht. Noch schlimmer aber ist der unaufhörliche Hunger und bei vielen der noch

blutjungen Soldaten das Heimweh, das sie zunehmend verzweifeln lässt.
Es ist schon über eine Woche her, als es das letzte Mal etwas Warmes zu essen gab, eine lauwarme Suppe, die vom Geschmack und der Konsistenz her eher an aufgewärmtes Regenwasser erinnerte, weil es an Nachschub hinten und vorne mangelt. Zuhause hätte er diese nicht einmal einem Hund vorgesetzt. Seitdem gibt es für jeden täglich nur zwei Scheiben Brot und eine von den Rüben, die sie in einer nahe gelegenen Feldscheune gefunden hatten, bevor diese vom Feindbeschuss in Flammen aufging. Das schlägt sich auch auf die Verdauung der Kameraden nieder. Während bei dem einen das Brot für Verstopfung sorgt, leiden viele andere an ständigem Durchfall, was bei diesen Bedingungen zu katastrophalen hygienischen Bedingungen führt. Die Ruhr, eine schmerzhafte Magen-Darm-Erkrankung, greift mehr und mehr um sich und viele Kameraden leiden unter Ekzemen mit starkem Juckreiz, weil sie es, wie so

oft, wegen der stundenlangen Feuergefechte nicht rechtzeitig bis zur Latrine geschafft hatten. Sie sind komplett verlaust, an ein Bad, eine tägliche Rasur oder Bartpflege, wie es die Dienstordnung vorschreibt, ist gar nicht zu denken.

Für jeden Schluck Wasser muss etwas Schnee mit einem kleinen Spirituskocher mühselig aufgetaut werden, das jedoch innerhalb weniger Minuten sofort zu Eis gefriert, wenn die wenige Körperwärme, die ihre ausgemergelten Körper noch imstande sind abzugeben, die lebensnotwendige Flüssigkeit in der unter der Kleidung getragenen Feldflasche nicht daran hindern würde. Erfrierungen an den Extremitäten durch die eisige Kälte sind an der Tagesordnung. Nur gut, dass ihn seine Mutter nicht in diesem erbärmlichen Zustand sehen kann und schon gar nicht das Mädel, das er einmal zur Frau nehmen will.

Aber am allerschlimmsten sind das häufig mehrere Stunden andauernde Getöse der Granateinschläge und das Pfeifen der Stalinorgel, ein Granatwerfer, der durch sein Aussehen an Orgelpfeifen erinnert. Das zweite Weihnachtsfest steht schon bald vor der Tür, hier im zweiten Kriegswinter in Russland. An Weihnachten seid ihr wieder Zuhause, hatte man ihnen eingeredet, als sie 1941 in Russland einfielen und danach sah es zunächst auch aus. Als sie durch die Ukraine marschierten, gab es kaum Widerstand, ja sogar freundlich empfangen wurden sie in manchen Dörfern, wo die wenigen Bewohner weiße Bettlaken an Stangen befestigt aus den Fenstern gehisst hatten. Und am Straßenrand standen junge Frauen mit Blumensträußen in der Hand. Manchmal rannten junge Frauen auf sie zu und küssten sie spontan auf die Wange. In so manchem Soldatenkopf regte sich der Wunsch, nach Kriegsende eine dieser hübschen Frauen wieder zu sehen und vielleicht als Braut mit nach Hause in die Heimat zu nehmen. Aber diesen

Gedanken mussten sie sofort wieder löschen, ein Bolschewiken-Weib, das war bei Strafe verboten. Der rasche Vormarsch wurde jäh vom frühen Wintereinbruch gestoppt, zuerst regnete es tagelang in Strömen, wie sie es aus ihrer Heimat nicht kannten, sodass sie in gnadenlosem Matsch versanken, in dem selbst die Kettenpanzer nur schwierig vorankamen. Auch für die Pferde mit ihren staksig dünnen Beinen gab es oft kein Fortkommen mehr, sie blieben mit Vorder- und Hinterfüßen fest im Morast stecken. Und so mussten sie manch lieb gewonnenen Gaul erschießen. Dann gab es freilich reichlich Fleisch für die hungernde Truppe. Nur Willi konnte sich nicht so recht an den leicht säuerlichen Geschmack des Pferdefleisches gewöhnen, den die Rheinländer in der Truppe so sehr lieben.

Auch heute gibt es wieder heftigen Schneefall und eisigen Frost. An manchen Tagen gibt es über einen Meter Neuschnee und sie sind damit beschäftigt, Panzer freizuschaufeln und

Schützengräben auszugraben, in denen sie Tag und Nacht ausharren müssen. Nur wenige Erdbunker gibt es, in denen sie sich etwas ausruhen und ein wenig aufwärmen können. Inzwischen müssen sie die Motoren der Panzer und Kraftfahrzeuge Tag und Nacht laufen lassen, weil sie sonst nicht mehr anspringen würden. So wird allmählich auch der Treibstoff knapp und wenn einmal ein Motor stehen bleibt, weil nicht rechtzeitig nachgetankt wurde, dann muss ein Feuer unter dem Fahrzeug entfacht werden, weil der Motor sonst kurzerhand einfriert. Dabei geschieht es nicht selten, dass ein Fahrzeug in Flammen aufgeht. Fahrzeuge zu verlieren, durch Treibstoffmangel, Feindbeschuss oder einfach nur, weil sie im Morast steckenbleiben, ist für die Kameraden nichts Außergewöhnliches mehr, daran haben sie sich in den letzten Monaten gewöhnen müssen. Nur Willi will es immer noch nicht so recht begreifen. Wie oft hatte er den Vater gebeten, ihm doch ein kleines Motorrad zu kaufen. Und jedes Mal hatte ihm der Vater den

Wunsch abschlagen müssen, weil die Ernte wieder einmal nicht so gut ausgefallen war, wie er es eigentlich erwartet hatte. „Nächstes Jahr klappt es ganz bestimmt“, hatte ihn der Vater immer wieder vertröstet. Aber die kargen Böden und das raue Klima der Rhön ließen diesen Wunsch nicht in Erfüllung gehen.

Und jetzt muss er mit ansehen, wie tagtäglich Menschen und teures Kriegsgerät sinnlos verheizt werden. Eigentlich sollten sie sich längst bis Stalingrad durchgeschlagen haben, um dort den Kessel aufzubrechen, der die 6. Armee umgibt. Der Iwan hat es tatsächlich fertiggebracht, eine Armee mit mehr als 230 Tausend Soldaten einzukesseln und so fast vollständig von der Versorgung abzuschneiden. Nur hin und wieder gelingt es einzelnen Fliegern, Nachschub ein- und verwundete Kameraden auszufliegen, was aufgrund der ständig tobenden Schneestürme und der russischen Flugabwehrgeschütze kein leichtes

Unterfangen ist. Um den Nachschub auf dem Landweg wieder herzustellen, sollen sie eine Schneise zu den im Kessel eingeschlossenen Kameraden schlagen. Ein sinnloses Unterfangen, sie selbst sind ja vom geordneten Nachschub weit entfernt. Und tagtäglich diese Durchhalteparolen »In der Heimat tüfteln sie bereits an Wunderwaffen, der Sieg ist unser, haltet durch Kameraden, der Dank des Vaterlands ist euch gewiss.«

Daran glaubt Willi schon lange nicht mehr, während er im Geheimen denkt „Der Dank des Vaterlands ist ein Beschi… ." Um Gotteswillen, bloß weg mit diesem Gedanken, in Zeiten, wo man allein für das, was man denkt, an die Wand gestellt werden kann! Also bloß weg von dem Gedanken! Heute muss er unbedingt noch ein paar Zeilen an die Eltern schreiben. Die Feldpost kommt nur noch unregelmäßig, viele Briefe und Päckchen gehen verloren, das merkt er am Inhalt der Briefe, die meist mit den Worten „Lieber

Willi, in meinem letzten Brief vom... “, anfangen. Die Päckchen werden oft gestohlen, weil sie zum großen Teil Nahrungsmittel enthalten.
Wer beim Stehlen erwischt wird, kommt freilich vor ein Standgericht und wird noch am gleichen Tag hingerichtet oder in ein Strafbataillon versetzt, was in der Wirkung einer sofortigen Hinrichtung gleichkommt. Aber in Zeiten des Hungers nimmt das manch einer in Kauf und Willi erinnert sich daran, wie sie selbst nach jedem Gefecht beim Einsammeln der Erkennungsmarken der Gefallenen jeden Tornister, den die Soldaten bei sich trugen, nach etwas Essbarem durchsuchten, gleich ob vom Freund oder Feind. Oft muss er auch daran denken, dass ihn die Mutter zum Abschied gebeten hat, egal was auf ihn zukäme, ein anständiger Soldat zu bleiben. Ein anständiger Soldat in diesen Zeiten, gibt es das überhaupt?

Doch heute sollte er einmal Glück haben. Eugen, ein Kamerad und inzwischen guter Freund, hat seinen Passierschein, auch Heimatschein genannt, zum Fronturlaub bekommen. Gleich am nächsten Tag soll er sich zum etwa fünf Kilometer zurückliegenden Kommandostand in einem kleinen Dorf, das sie vor drei Wochen eingenommen haben, begeben. Von dort aus wird er dann, so gut es geht, weiter in Richtung Heimat transportiert werden. Eugen wird seinen Brief mit in die Heimat nehmen und an die Eltern weiterleiten. Nach dem Krieg will er Eugen unbedingt einmal in die Rhön einladen. Liebe Eltern, an dem werdet ihr euren Spaß haben, Eugen kommt aus dem Schwarzwald, tausend Witze kann er erzählen, nur verstehen kann man ihn oft schwer, er spricht einen Dialekt, sage ich euch. Immer wenn der Iwan angreift, kreischt Eugen zum Beispiel „Schieß nur, mi kriegscht eh` net!" Und wenn er den Führer nachmacht, das ist erst eine Schau, ja, und Schinken wollen sie machen, Papa, da wirst du dir die Finger lecken. Nicht, dass dein Schinken wohl auch gut ist, aber der Vater vom Eugen, der kann Herrgotts guten Schinken machen und die Freude ist groß, wenn im Päckchen vom Eugen wieder einmal ein Stück Schwarzwälder drin ist.

Die Mutter wird kein Stück vom »Schwarzen« mehr ins Päckchen legen können. Eugens Vater wurde bei einem Luftangriff so schwer am Kopf verletzt, dass er sein komplettes Erinnerungsvermögen verloren hat, grad wie ein kleines Kind benimmt er sich und die Mutter, die sich neben der vielen Arbeit auf dem Hof nun auch noch um den Vater kümmern muss, hat große Mühe damit. Aber das hat sie in ihren Briefen an Eugen nicht erwähnt, um ihn durch die Gedanken an den Vater nicht unachtsam werden zu lassen, das will sie ihm erst erzählen, wenn er wieder zu Hause ist. Denn wie jede Mutter hat sie die Hoffnung, ihren Sohn irgendwann einmal wieder in die Arme nehmen zu können, nie aufgegeben.

Vom Feldwebel hat Willi die Erlaubnis bekommen, Eugen zum Kommandostand zu begleiten und dabei vielleicht etwas Essbares aufzutreiben und mit zurück ins Feldlager zu bringen. Sie haben gerade vielleicht einen Kilometer zurückgelegt, als der Iwan einen erneuten Angriff startet und eine Granate direkt neben ihnen einschlägt. Der Angriff dauert den ganzen Vormittag und es ist weiß Gott kein schöner Anblick, der sich den wenigen zum Kommandostand zurückziehenden Kameraden, die den Angriff überleben, bietet. Lediglich die Erkennungsmarke, die der Tote um den Hals trägt, lässt erkennen, dass es sich bei dem gefallenen Soldaten, dessen Gesicht von Granatsplittern bis zur Unkenntlichkeit zerfetzt wurde, um den Obergefreiten Willi Wagner handelt. Sein Kamerad muss entweder davon gekommen, oder von der Granate, was nicht selten vorkam, ebenfalls völlig zerfetzt worden sein.

Und so gibt der Stellvertretende Kompanieführer der Truppe folgendes Telegramm in Auftrag:

Dienststelle der
Feldpoststelle 11990 C.

Im Osten 20.10.42

An die Eheleute
Johann und Helene Wagner

Eckarts bei Bad Brückenau

Sehr geehrte Fam. Wagner,

zu meinem tiefsten Bedauern muss ich Ihnen mitteilen, daß ihr Sohn Willi durch einen Granatangriff heldenhaft in soldatischer Pflichterfüllung getreu seinem Fahneneid im Kampf für das Vaterland gefallen ist.

Ich grüße Sie in aufrichtigem Mitgefühl.

Gez. Kröning
Lt. und Stellv. Komp. Führer

Sie gibt Karl, der das sorgfältig abgezählte Geld schon auf die Theke gelegt hat, den Tabak, schiebt den Jungen nach draußen, sperrt die Ladentür zu und hängt das Schild »HEUTE GESCHLOSSEN« ins Fenster. Mit unsicherem Schritt geht sie zur Mutter, die noch immer wie versteinert in der Küche sitzt. Erst jetzt kann sie ihrer Trauer freien Lauf und ihre Tränen fließen lassen. Sie, die ältere Schwester Willis, die schon beim Anblick des Briefes ahnte, was darin steht. Dora, die Dienstmagd, der Vater hatte sie damals in Rothenrain zu sich auf den Hof geholt, nachdem seine erste Frau bei der Geburt des vierten Kindes im Kindbett gestorben war, und auch das Neugeborene hatte die Geburt nur wenige Stunden überlebt, soll den Vater holen und Bella, das Pferd der Wagners, anspannen, um Hanni, die jüngste Tochter, aus der Schule in Wernarz abzuholen.

Nur mit Mühe gelingt es Dora das Pferd einzuspannen und der Vater hätte ihr in seinem

Schmerz sicher auch nicht zur Hand gehen können. Die Schrotmaschine läuft noch, als Elsa die Scheune betritt, um endlich den Vater zu holen. Doch die Nachricht über den Tod seines zweiten Sohnes ist zu viel für sein großes Herz, das immer für seine Familie in seinem vom Alter und der harten Arbeit gezeichneten Körper geschlagen hatte. Zusammengesackt liegt er neben der Mühle, seine Lippen sind blau angelaufen und sein Herz hat für immer zu schlagen aufgehört.

Zur Trauerfeier werden zwei Särge aufgebahrt, einer mit dem Vater und einer, der natürlich leer ist, symbolisch für Willi. Den stellt der Bestatter immer zur Verfügung, wenn ein Soldat für immer im Krieg bleibt, und das ist in der letzten Zeit nicht selten der Fall. Es ist nur eine kleine Trauergesellschaft, denn von den Wagners ist niemand in der Partei und noch dazu waren sie erst vor einigen Jahren wegen des Baus des Truppenübungsplatzes Wildflecken aus

Rothenrain abgesiedelt und über Umwege nach Eckarts gekommen. So kommen bei winterlichen Temperaturen mit leichtem Schneefall nur die engsten Verwandten, ein paar Nachbarn und ehemalige Rothenrainer, die in die nähere Umgebung umgesiedelt worden waren.

Auch Marga ist gekommen. Marga, die eigentlich Małgorzata, zu Deutsch Margarete, heißt und aus Polen zum Arbeitsdienst nach Deutschland deportiert wurde und so im kleinen, beschaulichen Eckarts gelandet ist. In Polen wohnte sie im Norden nahe der deutschen Grenze und ist zweisprachig aufgewachsen, neben Polnisch, ihrer Muttersprache, spricht sie ein gebrochenes Deutsch mit polnischem Akzent. In Polen wird sie liebevoll Gosia, Goschia gesprochen, genannt. Doch Polen ist nicht Deutschland und so nennt man sie kurzerhand Marga.

Eigentlich ist es bei Strafe verboten, sich mit Dienstverpflichteten einzulassen. Aber bei Willi war es Liebe auf den ersten Blick und nach dem Krieg, so glaubte er, würde sowieso alles anders. Der Ortsvorsteher hatte ihn damals gebeten, mit dem Fuhrwerk zum Bahnhof nach Rupboden zu fahren und die Dienstverpflichteten für Eckarts abzuholen. Sie war ihm gleich aufgefallen mit ihren strahlend blauen Augen und ihren schwarzen Haaren, die größtenteils durch ein auffallend schönes Kopftuch bedeckt waren. Er konnte seinen Blick gar nicht von ihr abwenden, noch nie zuvor hatte er in der kargen Rhön ein so hübsches Mädel gesehen. Am liebsten wäre es ihm gewesen, er hätte sie zu sich vorne auf den Kutschbock setzen dürfen. Dann wäre er mit ihr bis nach Rothenrain, in das kleine Rhöndorf, in dem er aufgewachsen war, gefahren und jeder hätte sehen können, was für eine schöne Braut er sich geangelt hat. Dabei wusste er ja noch nicht einmal ihren Namen und Rothenrain gab es nicht mehr.

Sein Traum war jäh zu Ende als einer der Soldaten das Mädchen brutal an den Haaren nach vorne zog mit den Worten „Die kommt zum Dünhölder“, um sie anschließend mit dem Gewehrkolben in seine Richtung zu schubsen. So entsetzt Willi über die Behandlung des Mädchens war, so erfreut war er, dass er sie bei den Dünhölders unterbringen sollte. Der Herr Dünhölder stammt eigentlich aus dem Rheinland, er war vor einigen Jahren wegen eines Nierenleidens zur Kur in das nahe gelegene Staatsbad Brückenau gekommen. Als er an einem freien Nachmittag nach einem Spaziergang in der kleinen Gaststätte in Eckarts einkehrte, hatte er sogleich ein Auge auf die junge und ausgesprochen freundliche Bedienung geworfen. Von diesem Tag an wanderte er fast täglich nach Eckarts und auch der Bedienung, die die Tochter der Wirtsleute war, waren die fast täglichen Besuche nicht unangenehm. So kam es, dass der Herr Dünhölder nach Kurende gar nicht erst nach Hause fuhr, sondern sich gleich bei der Gastwirtsfamilie bis zur kurz darauf erfolgten Hochzeit ein Zimmer nahm.

Die Dünhölders sind die unmittelbaren Nachbarn, mit denen haben die Wagners ein gutes Auskommen, da wird sie ganz bestimmt nicht schlecht behandelt werden. Und über den Zaun hinweg wird er sie sicher oft zu Gesicht bekommen, was in den kommenden Wochen tatsächlich oft, ja auffallend oft der Fall ist und im Dorf Anlass zum Gerede gibt, was im Übrigen von so einigen gar nicht gerne gesehen wird. Aber für Willi steht fest, wenn der Krieg aus ist, will er sie zur Frau nehmen und mit ihr den elterlichen Hof bewirtschaften. Auch wenn seine Mutter mit der Liaison ganz und gar nicht einverstanden ist, weil sie eigentlich Sieglinde aus Wernarz für ihren Jüngsten auserkoren hat. Seinem Vater wären beide recht, allerdings kann er seiner dominanten Frau nicht widersprechen und somit wäre es nach dem Willen der Mutter Sieglinde geworden.

Aber weil Sieglinde von all dem nichts weiß und sie Willi ganz und gar nicht leiden mag, weil er ihr in der Schule einmal heimlich die Zöpfe angeschnitten hatte, ist sie auch nicht zur Trauerfeier gekommen. Immer wieder hatten die Buben mit einer Rasierklinge den geflochtenen Haaren der Mädchen heimlich einen Schnitt zugefügt. Wenn diese abends vor dem Zubettgehen ihre Zöpfe öffneten, fielen die abgeschnittenen Haare zu Boden, sodass die Mädchen wie gerupfte Hühner aussahen, was in der Schule zu großem Spott und Gelächter führte und für den Verantwortlichen, so er denn der üblen Tat überführt werden konnte, mit langem Nachsitzen bestraft wurde.

Inzwischen ist es November geworden und Marga stellt in ihrer kleinen Kammer, die sich neben dem Stall befindet, abends immer eine kleine Kerze an das Fenster, so wie an jedem Tag seit Willi eingezogen wurde, damit er aus der Fremde immer den Weg nach Hause finden würde. Eigentlich ist dies verboten, weil die Fenster in der Nacht aus Angst vor Fliegerangriffen immer verdunkelt werden müssen. Aber die Kammer wird vom überstehenden Stalldach so weit abgedeckt, dass man den kleinen Kerzenschein nicht erkennen kann.

Die Kerzen hat sie selber hergestellt. In ihrer Heimat hatten sie an den langen Winterabenden immer Kerzen gezogen und jetzt kann sie sich damit ein kleines Zubrot verdienen. Kein Geld freilich, aber so manche Tauschsachen bekommt sie, die sie sich als Dienstverpflichtete sonst nicht leisten könnte. Und so kann sie sich im Kolonialwarengeschäft von Willis Mutter, die im Gegenzug die Kerzen von Marga feilbietet, den Docht und das Wachs besorgen. Weil sich die von Marga gefertigten Kerzen gut verkaufen, darf sie sich immer ein Stück von der teuren, nach Veilchen riechenden Seife aussuchen. Samstags, wenn Marga das Wasser vom Brunnen nach Hause trägt, es auf ihrem kleinen Ofen erwärmt und anschließend mit ihrer nach Veilchen duftenden Seife in die angerostete Zinkbadewanne steigt, die gerade so in ihre kleine Kammer passt, dann wäre bestimmt vielen Männern im Dorf ihre polnische Herkunft egal. Gerade mal 18 Jahre alt und eine wahre Augenweide.

Ganz leise hört sie ein Rascheln an ihrem Fenster, fast so, als wenn der Hagel dagegen schlägt. „Jäsus Maria“, entfährt es ihrem Mund mit polnischem Akzent, als stünde der Leibhaftige vor dem Fenster ihrer kleinen Stube. Sie bläst die Flamme der großen Kerze, die auf ihrem Nachttisch steht, aus, zieht den Vorhang vor das kleine Fenster und öffnet fast ohnmächtig die Tür. Kaum ein Monat ist es her, dass sie auf dem Friedhof stand und sich am liebsten die Seele aus dem Leib geheult hätte, sich aber als Dienstverpflichtete ihre tiefe Trauer über den schmerzlichen Verlust ihres heimlichen Geliebten nicht anmerken lassen durfte.

„Großer Jott, du leebst!“ Schnell zieht sie ihn zu sich in die kleine Stube, schiebt den Riegel vor die Tür, dann fallen sie sich in die Arme, lassen ihren Tränen freien Lauf und wünschen sich, dass dieser Moment für niemals ein Ende nehme. Dünn war er geworden und blass, aber das kann sie im Schein der kleinen Kerze am Fensterbrett kaum erkennen.

„Hast Du Hunger? Wie bist du raus gekommen? Geht es Dir gut?“ Auf Tausend Fragen soll er ihr in dieser Nacht eine Antwort geben und nachdem er das Stück Christstollen hastig hinuntergeschlungen hat, das sie sich bei Frau Wagner hatte nehmen dürfen und von dem er nach so langer Zeit herausschmecken kann, dass ihn seine Mutter gebacken hat, fängt er zu erzählen an.

Wie die Granate dicht neben ihnen einschlug und er von Eugen mit zu Boden gerissen wurde. Wie sich das Blut von seinem Kameraden über ihn ergossen hatte und von dem Knalltrauma, das er erlitten hatte und das über Stunden ein Rauschen in seinen Ohren erzeugte. Langsam hatte er den Leichnam seines Kameraden von sich geschoben und als er sah, dass die Granate das Gesicht seines Kameraden und besten Freundes vollkommen weggerissen hatte, nahm er die Papiere von Eugen an sich, tauschte die Erkennungsmarken aus und lief wie von Sinnen in Richtung Heimat.

Den Kommandostand hatte er dabei umgehen müssen, man hätte ihn sofort erkannt, den Schwindel aufgedeckt und ihn standrechtlich erschossen. Also musste er einen großen Bogen schlagen, was ihm mit seinem Kompass nicht schwer fiel. Nachts konnte er sich, wenn es das Wetter zuließ, am Nordstern orientieren und so marschierte er bis er früh morgens auf einen

Landser stieß, der mit einem Pferdefuhrwerk und dringend benötigtem Nachschub auf dem Weg zur Feldkommandantur in Kursk war. Diesem konnte er glaubhaft machen, dass er sich auf einem Heimtransport befunden habe, als sie vom Feind überraschend mit Mörsergranaten angegriffen und alle Kameraden getötet wurden. Ohne Alternative habe er sich alleine zu Fuß auf den Weg nach Hause gemacht.

Auf der mehrstündigen Fahrt zur rund fünfzehn Kilometer entfernt gelegenen Feldkommandantur erzählte ihm Herbert, der Landser mit dem Pferdefuhrwerk, von seiner Heimat in Breitenstein, einem kleinen Dorf in der Provinz Pommern, von seiner Familie und wie gerne er seine Eltern, seine Schwestern und vor allem seine jüngeren Brüder Bruno, Albin und Martin wiedersehen würde.

Was er nicht wusste: Bruno war zu dieser Zeit bereits gefallen. Albin, noch zu jung für den Kriegseinsatz, sollte er erst viele Jahre später nach seiner Entlassung aus der Kriegsgefangenschaft in Russland ausgerechnet in Eckarts wiedersehen. Nach der qualvollen Vertreibung aus ihrer angestammten Heimat und vielen Stationen in Schleswig-Holstein und im Rheinland, dort wurde der überwiegende Teil der Familie sesshaft, hatte Albin schließlich über verschlungene Pfade in der Rhön Willis Schwester Hanni kennen und lieben gelernt. Einige Jahre später zog Herbert mit seiner Frau Josefine in das neu erbaute Haus seines jüngeren Bruders in Eckarts. Sollten sich Willi und Herbert, das Schicksal hält so manche Überraschung parat, oder, wie es Willis Mutter ausdrücken würde, die Wege des Herrn sind unergründlich, dort erneut begegnen?

In Kursk angekommen, bestätigte ihm der Kommandant, dass seine Einheit vom Feind aufgerieben wurde und nur wenige den Angriff überlebt haben. Nach der Überprüfung seiner Papiere kam er ausgestattet mit einer

Verpflegungsration zur Entlausung und wurde, nachdem er neu eingekleidet war, mit der Auflage, sich nach seinem Fronturlaub in der Heeresleitstelle Würzburg zu seiner weiteren Verwendung zu melden, auf einen Lastkraftwagen in Richtung Heimat gesetzt.

Entsetzen kam in ihm hoch als er Dörfer durchquerte, die sie im Herbst 1941 überrannt hatten. Dörfer, in denen sie einst freundlich empfangen worden waren, in denen sie sich mit frischen Nahrungsmitteln wie Eiern, Mehl, ja sogar lebenden Tieren versorgen konnten. Dörfer, von denen jetzt nichts mehr übrig war, außer Ruinen, verbrannter Erde und Menschen, die an Bäumen mit Schildern um den Hals, auf denen in Deutsch und Russisch »PARTISAN« zu lesen war, aufgehängt waren. Alte Männer, Frauen und Kinder, Partisanen? Bei dem Anblick schossen ihm die Tränen in die Augen, Abscheu und Verzweiflung überkamen ihn.

In Polen gab es noch intakte Züge die in Richtung Heimat fuhren, von deren eigentlicher Bedeutung er nie erfahren sollte, Züge, von denen er glaubte, sie seien für den Nachschub bestimmt. „Heil Hitler, Ausweis, Papiere", hörte er den Mann schreien, der ihn aus dem Schlaf riss. Er musste kurz eingeschlafen sein in dem unbequemen Viehwaggon, der vollgestopft war mit jammernden, vor Schmerz schreienden Verwundeten. "Heil Hitler", antwortete Willi und schnell reichte er dem Mann im grünen Ledermantel die Papiere. „In den Schwarzwald?", gab dieser von sich. „Bitte?", antwortete Willi schlaftrunken. „In den Schwarzwald?", bohrte der Mann im grünen Ledermantel nach. „Ja nach Hause, zu den Eltern und dem guten Schinken", erwiderte Willi.

„Wo sind wir?", wollte Willi wissen. „Kurz vor Würzburg", antwortete der Mann, „Kennst dich in Russland wohl besser aus, gute Heimreise,

Heil Hitler." „Heil Hitler", erwiderte Willi und dachte dabei, heil dich selber! Würzburg kannte Willi, die Mutter hatte ihn, als er noch klein war, einmal mitgenommen, als sie wieder einmal diese starken Kopfschmerzen hatte und der Doktor nicht mehr weiter wusste. Da hatte er sie zur Untersuchung nach Würzburg zu einem Spezialisten überwiesen, aber auch dieser konnte ihr damals nicht weiter helfen. Ein neues Medikament hatte er ihr verschrieben, das etwas Linderung verschaffen sollte, aber seinen Zweck nicht richtig erfüllte.

Naja, wenigstens die Stadt hatten sie sich noch ein wenig angesehen. Zu gerne wäre er mit der Mutter zur Festung Marienberg hoch gelaufen, aber dafür hatte die Zeit nicht mehr gereicht, weil das Warten auf die Untersuchung so lange gedauert hatte. Aber nächsten Sommer vielleicht, wenn das mit ihrem Kopf wieder in Ordnung wäre, dann würden sie mal mit der ganzen Familie einen Ausflug machen und sich die

Stadt, die Residenz und die Festung Marienberg anschauen. Das hatte ihm die Mutter versprochen.

Doch das, was er jetzt zu sehen bekam, hatte mit seiner Erinnerung nichts mehr gemeinsam. Er kam in eine Stadt, die vom Bombenhagel vollkommen zerstört war. Sollte das die Grundlage für den Endsieg werden, sollten hier die Wunderwaffen entwickelt werden? Das kalte Grausen überkam ihn. Gott sei´s gedankt, hatten sie wenigsten die Festung Marienberg verschont, die elendigen Hunde. Er konnte sie noch gut erkennen, oben auf dem Berg gelegen, und er dachte an das Versprechen, das ihm seine Mutter damals gegeben, aber wegen der Vorkriegswirren und der Absiedlung niemals eingelöst hatte. Gerne hätte er nach dem Krieg den Ausflug mit der Mutter nachgeholt, aber diesen Anblick wollte er ihr ersparen.

Er hatte es sich gerade gemütlich gemacht in dem kleinen Zugabteil, war dabei, einen Teil seiner Ration, die man im mitgegeben hatte, und die frischen Gurken, die er sich von seinem Sold am zerstörten Bahnhof in Würzburg kaufen konnte, zu verspeisen, als ihn der Mann mit der markanten Stimme erneut ansprach. „Heil Hitler, in den Schwarzwald fährt der Zug aber nicht, der fährt in die Rhön!" Sollte jetzt, so kurz vor dem Ziel, der ganze Schwindel auffliegen? „Heil Hitler", antwortete Willi, zog schnell den Brief aus seinem Mantel, den er an seine Eltern geschrieben hatte und den er eigentlich Eugen hatte mitgeben wollen. „Meine Eltern wissen nicht, dass ich nach Hause komme und ich habe meinem Kameraden in die Hand versprochen, den Brief an seine Eltern zu überbringen", flunkerte er. Nachdem er erfahren habe, dass seine Einheit aufgerieben wurde, da wolle er den Eltern den Brief persönlich übergeben und ihnen sagen, was für ein feiner Kerl Willi gewesen ist. „Na gut, von mir aus", brummelte der Mann im grünen Ledermantel. Er machte sich ein paar Notizen und wies Eugen, bei dem es sich in Wahrheit um Willi handelte, an, sich in sechs Tagen in Würzburg zur weiteren Verwendung zu melden. Nach der Verabschiedung mit einem gegenseitigen „Heil Hitler“ verließ er den Zug.

Um nicht erkannt zu werden, beschloss Willi in Obersinn auszusteigen und sich nachts weiter nach Eckarts durchzuschlagen. An den Bahnhöfen standen immer Soldaten der Feldgendarmerie oder Leute von der Gestapo, der Geheimen Staatspolizei, die die Papiere der Reisenden kontrollierten. Krampfhaft dachte er darüber nach, was er den Wachposten erzählen solle. Das mit dem Brief hätte er erklären können, aber warum er in Obersinn ausgestiegen war, dafür wollte ihm keine plausible Erklärung einfallen.

Im unteren Sinngrund kannte sich Willi ein wenig aus. Weil er gut mit Vieh umgehen konnte, hatte ihn der Viehhändler oft mitgenommen, so dass er ihm beim Verladen des Viehs behilflich sein konnte. Der Viehhändler war schon zu Beginn des Krieges stark verwundet worden und wegen der Verletzung als Kriegsinvalide und damit als kriegsuntauglich eingestuft worden. Durch seine Behinderung konnte er selbst nicht mehr so recht beim Verladen anpacken, aber er war doch froh, dass ihm dadurch der weitere Kriegseinsatz erspart blieb. Weil der größte Teil seines Viehhandels aus dem An- und Verkauf von Schweinen bestand, wurde er von vielen Bauern der Umgebung auch der »Säu-Baron« genannt.

Als 1937 der Bau des Truppenübungsplatzes Wildflecken begonnen und die Einwohner der im Truppenübungsplatz gelegenen Rhöndörfer abgesiedelt wurden, war den umliegenden »arischen« Viehhändlern schnell klar, dass die Bauern ihr Vieh unmöglich in die oftmals weit entfernte neue Heimat mitnehmen konnten und es aufgrund der gebotenen Eile kurzfristig zu einem Überangebot kommen würde. Kurzerhand nutzten sie die sich bietende Chance und drückten die Preise, was den jüdischen Händlern, durch den Aufruf »KEINE GESCHÄFTE MIT JUDEN!« ohnehin weitgehend aus dem Geschäft gedrängt, noch mehr Schwierigkeiten bereitete, an Ware zu kommen und sie dazu drängte, deutlich über dem ortsüblichen Preis zu zahlen.

Weil auch die Wagners durch die karge Entschädigung für die Absiedlung aus Rothenrain sehen mussten, wo sie bleiben, aber vor allem weil Willis Mutter eine aufrechte Frau mit einer kritischen Haltung gegenüber jeglicher Ungerechtigkeit ist, verkauften sie weiterhin einen Teil ihres Viehs an jüdische Händler, womit sie sich folgenden Brief einhandelten:

R e i c h s n ä h r s t a n d
Kreisbauernschaft Bad Neustadt/S.

Bad Neustadt/S. den 18.2.38.

An Herrn
Johann Wagner
in Rothenrain

Der Landesbauernführer hat mir eine Liste derjenigen Bauern und Landwirte übersandt, die noch bis zum heutigen Tage Ihre Geschäfte mit Juden machen. Zu diesen Leuten gehören leider auch Sie.
Wir stehen heute im 6. Jahre unter der bewährten Führung Adolf Hitler. Umfassbare, die Welt umwälzende Taten sind geschehen. Der Weltverbrecher " J u d a " wurde entlarft und in seiner ganzen Gemeinheit und Schlechtigkeit bloss gestellt. Nur Sie haben das scheinbar noch nicht erfasst und begriffen.
Nur Sie schliessen noch Geschäfte mit diesen Verbrechern ab, die nur ein Ziel haben das ehrliche, fleissige deutsche Volk zu vernichten und täglich Hass, Lüge und Verrat gegen Deutschland zu verbreiten.
Durch Ihr Verhalten stellen Sie sich nicht nur gegen den Führer, nein Sie untergraben das, was durch den Führer mühsam aufgebaut worden ist. Sie erregen Ärgernis in der Öffentlichkeit und stellen sich bewusst gegen Ihr eigenes Blut.
Wir wissen es am besten, was der Jude an fränkischen Bauern verbrochen hat. Tausende von Bauern hat er die Existenz vernichtet.
Ich erwarte, dass Sie von nun an erkennen, um was es geht und erwarte, dass Sie Ihren Judenhandel sofort voll und ganz einstellen.
Die J u d e n sind unser U n g l ü c k !

H e i l H i t l e r !
Halbing
Der Kreisbauernführer.

Noch während Willi fieberhaft nach der richtigen Erklärung suchte, hörte er plötzlich jemanden lautstark „Flieger, Flieger“ schreien. Die

Warnung kam von einem Soldaten, der sich zur Sicherheit des Zuges auf dem Dach postiert hatte. Gerade als die Flieger zum Tiefflug übergingen und mit ihren Bordkanonen zu feuern begannen, hatte der Zug einen kleinen Bergtunnel erreicht, in dem er so lange stehen blieb, bis der drohende Angriff vorüber schien. Als der Zug sich wieder in Bewegung setzte und am Ende des Tunnels das Licht das Abteil wieder erhellte, fiel durch die entstandene Aufregung niemandem auf, dass der Platz von Willi frei geworden war.

Er hatte die Gelegenheit dazu genutzt, sich unbemerkt aus dem Abteil zu schleichen, wobei ihm das Kreischen der Bremsen des anhaltenden Zuges zu Hilfe kam. Im Dunkeln tastete er sich an der Wand des Tunnels entlang, bis er auf eine kleine Nische in der Wand stieß, in der sich Streckenkontrolleure, auch Gleisläufer genannt, vor einfahrenden Zügen in Sicherheit bringen können. Hier verharrte er, bis sich der Zug wieder in Bewegung gesetzt und den Tunnel verlassen hatte. Dann lief er in Richtung Ausgang. Beim Verlassen des Tunnels überprüfte er zunächst die Gegend, bevor er sich hangaufwärts auf den Weg zu dem schutzbietenden Wald machte. Kurz bevor er diesen erreichte, musste er jedoch noch mit ansehen, dass die Flieger, die sicherlich auf dem Weg nach Wildflecken waren, um die dort vermutete Munitionsfabrik zu bombardieren, zurückgekehrt waren und nun erneut den Zug angriffen. Der Angriff musste für die Passagiere dieses Mal überraschend erfolgt sein, denn nur wenige waren aus dem Zug gesprungen, bevor dieser durch mehrere Detonationen in Flammen aufging. Die Heftigkeit, mit der der Zug in die Luft flog, ließ darauf schließen, dass er Munition für den besagten Truppenübungsplatz geladen hatte. Wahrscheinlich wäre hier die Reise auch für Willi zu Ende gewesen, hätte er den Zug nicht im Tunnel verlassen. Einmal mehr in seinem kurzen Leben hatte er das Glück auf seiner Seite.

Ganze vier Nächte brauchte er, um sich nach Eckarts durchzuschlagen, für eine Strecke, die sie in Russland manchmal an einem Tag zurückgelegt hatten. Es war nicht leicht, sich an den SS-Nestern vorbei zu schleichen, die sich hier überall in den Wäldern befanden, um Fahnenflüchtige aufzugreifen und an den Straßenbäumen mit Schildern mit der Aufschrift »VOLKSVERRÄTER« um den Hals aufzuknüpfen. Im Zug hatte ihm ein älterer Mann unter vorgehaltener Hand erzählt, dass es an der Straße von Gelnhausen nach Leisenwald im nahe gelegenen Hessen kaum noch freie Bäume gäbe.

Aber jetzt hat er es geschafft, er ist wieder zu Hause, bei Gosia, wie auch er sie liebevoll nennt, seiner lieben kleinen Gosia. Als wenn nichts, aber auch gar nichts geschehen wäre. Nur kann er hier nicht bleiben, in der kleinen Stube kann sie ihn auf Dauer nicht verstecken. Würde das Ganze auffliegen, würde man ihn an ein Standgericht übergeben und zur Abschreckung an der Linde am Dorfeingang aufhängen.

Nachdem sie nach Eckarts gezogen waren, hatten sie mit dem Vater im eigenen Wald, der zum Hof gehörte, Holz für den bevorstehenden Winter geschlagen und beim Herumtollen war Albin plötzlich am Hang abgerutscht und in einen von Bäumen verdeckten Spalt gefallen, der sich als Eingang zu einer Höhle herausstellte. „So, genug für heute", hörte er den Vater sagen, als er wieder nach oben gekrochen war. Und weil er wusste, dass sein Vater ein eher ängstlicher Mensch war, beschloss er, die Höhle bei einer passenden Gelegenheit nur mit seinem Bruder zu erkunden.

Willi konnte es kaum erwarten, endlich mit seinem Bruder die Höhle zu erkunden. Was würde sie wohl erwarten, etwa ein gefräßiger Bär? Blödsinn, Bären gibt es in der Rhön schon lange nicht mehr, aber etwa ein versteckter Schatz? Und so machten sie sich heimlich an einem freien Nachmittag auf den Weg, die Höhle zu erkunden und achteten bedacht darauf, dass ihnen auch ja niemand folgte. Fast hätten sie den Eingang nicht wieder gefunden, so gut war er von wild aufgegangenen Fichten und Gestrüpp verdeckt. Ein bisschen mulmig war ihnen schon bei dem Gedanken, eine Höhle zu betreten, die zuvor vielleicht noch nie jemand betreten hatte.

Zu Hause in Rothenrain, da kannten sie jeden Baum und jeden Stein, aber nach Eckarts waren sie nach einem Umweg über Münchsmünster in Niederbayern gerade erst gezogen. In Münchsmünster hatte es dem Vater überhaupt nicht gefallen, die Menschen dort sprachen einen für ihn gewöhnungsbedürftigen Dialekt und der nahe gelegene große Fluss, die Donau, hatte ihm Angst bereitet. Berge und große, schutzbietende

Wälder wie er sie aus seiner Heimat kannte, hatte es dort auch nicht gegeben. Weil ihm das Heimweh so sehr zu schaffen machte, zogen sie, als sich die Gelegenheit dafür bot, wieder in die Rhön, nach Eckarts, nicht unweit vom ehemaligen Rothenrain gelegen.

Mit einer Dynamo-Taschenlampe, die sie aus dem Laden der Mutter mitgenommen hatten, krochen sie durch einen engen Spalt in die Höhle. Das Surren der Taschenlampe, in der ein kleiner Dynamo, der mit einer Kurbel angetrieben wurde, Strom erzeugte, lenkte sie ein wenig ab von der Angst vor dem, was sie erwartete. Die Höhle war nicht sonderlich groß, die Buben im Alter von 14 und 16 Jahren konnten gerade so stehen und die Grundfläche betrug kaum drei Quadratmeter.

Da es sich um nichts weiter als einen vielleicht vom Schmelzwasser ausgespülten Raum handelte, verließen sie enttäuscht die Höhle, allerdings nicht ohne beim Leben ihrer Mutter zu schwören, nichts und niemandem jemals etwas von ihrer Entdeckung preiszugeben. Aber jetzt, in dieser Situation, sein Bruder war längst gefallen, da würde er ihm bestimmt verzeihen. Auch seiner Mutter würde der Herr bestimmt nicht das Leben nehmen, da war er sich ganz sicher. Aber trotzdem ist es besser, wenn niemand sein Versteck kennt, nicht einmal die Liebe seines Lebens.

Natürlich will Gosia wissen, wie es um ihre Heimat bestellt ist, wie groß die Zerstörung und ob er gar an ihrem Dorf vorbei gekommen sei. Und natürlich will sie wissen, was dran sei, was man sich hinter vorgehaltener Hand über das Schicksal der Juden erzählt. Das, was er in russischen Dörfern und Städten gesehen hatte und von dem er inzwischen ahnt, dass es den polnischen Dörfern und Städten bei einem Rückzug der Deutschen erst noch bevorsteht, davon will er lieber nichts erzählen. An ihrem Dorf war er auch nicht vorbei gekommen, weil er mehr in südwestlicher Richtung unterwegs gewesen war und sie ja aus dem nördlichen Polen stammt. So beruhigt er sie, es wäre fast noch alles wie früher und das mit den Juden könne er sich gar nicht vorstellen.

So viele Menschen könne man gar nicht transportieren, gerade jetzt, wo jeder Zug für den dringend benötigten Nachschub gebraucht werde. Allerdings muss er sich eingestehen, dass sie einmal haltmachen mussten, um einen entgegenkommenden Zug vorbeifahren zu lassen, der eher an einen Viehtransport als an einen Truppentransport erinnerte und er sich noch gefragt hatte, warum sie Vieh in den Osten verlagern. Andererseits konnte er sich nicht vorstellen, wo so viele Juden im Osten angesiedelt worden sein sollen, wo es doch nur noch zerstörte Dörfer und Städte und nicht einmal mehr genügend Wohnraum für die wenigen verbliebenen Einheimischen gibt. Was sollte er sich darüber den Kopf zerbrechen, wo er doch weiß Gott selbst genug Probleme hatte; wahrscheinlich wurden sie im Baltikum untergebracht, das vom Krieg ja bisher noch einigermaßen verschont geblieben war.

Als der Morgen graut, ist es allerhöchste Zeit sich davon zu schleichen, bevor es taghell wird und ihn jemand sehen kann. Er nimmt nur ein paar Zündhölzer, ein paar Kerzen und eine alte Decke mit. Dann, nachdem er sich davon überzeugt hat, dass ihn niemand sehen kann, schleicht er sich zu dem nahegelegen Bach, der mitten durch das kleine Dörfchen und flussaufwärts in unmittelbarer Nähe des Eingangs der Höhle vorbei fließt. Dabei verwischt er mit einem Tannenzweig seine frischen Spuren im Schnee und läuft barfuß im eisig kalten Bachbett, um keine weiteren Spuren zu hinterlassen, in Richtung Wald zur Höhle.

Dort angekommen, verwischt er wiederum seine Spuren vom Bach bis zur Höhle. Ja, wenn er eines im Krieg gelernt hat, dann ist es sich zu tarnen, heranzuschleichen und Spuren zu verwischen, das hatte ihm schon so manches Mal den Kopf gerettet. Er kriecht in die Höhle, zündet eine der Kerzen an, versucht seine völlig unterkühlten Füße trocken zu reiben und über der winzig kleinen Flamme ein klein wenig aufzuwärmen, was aber nur mit mäßigem Erfolg gelingt. Aber was hat er in seinem kurzen Leben nicht schon alles ertragen müssen! Oft hatte er mit ansehen müssen, wie seinen Kameraden erfrorene Gliedmaßen bei lebendigem Leib abgeschnitten und die Wunden an der Schnittstelle mit im Feuer zum Glühen gebrachten Messerschneiden verschlossen wurden.

Die Schreie kann er kaum vergessen und doch waren sie bei weitem nicht das Schlimmste, was er erleben musste. Vergessen, ja am liebsten alles

Vergessen will er, aber die Bilder haben sich zu tief in sein Unterbewusstsein eingebrannt. Zu gerne würde er noch bei seiner Familie vorbeischauen, aber jetzt will er erst einmal dem Herrgott danken, dass er es bis nach Hause geschafft hat und seine Gosia wieder in die Arme nehmen darf, ihr wie früher in die strahlend blauen Augen schauen und dabei zärtlich durch das schwarze Haar streicheln kann. Zusammengekauert liegt er unter der alten Decke, faltet seine Hände und fängt an zu beten: „Lieber Gott ich danke dir, ...". Und während er sich dafür bedankt, dass er gesund nach Hause gekommen ist, dass er seine Gosia in die Arme schließen konnte, schläft er völlig erschöpft ein.

Gosia hat in dieser Nacht kein Auge zugemacht, zu aufgewühlt war sie und während der harten Tagesarbeit muss sie darauf achten, sich nichts anmerken lassen. Dabei würde sie am liebsten herausschreien „Er lebt, er lebt, gütige Mutter, er lebt", als sie Willis Schwester beim Abliefern der Milchkannen an der Rampe begegnet.

Spät am Abend und obwohl sie vor Müdigkeit kaum die Augen offenhalten kann, kann sie es dennoch kaum erwarten, dass ihr geliebter Willi an die Tür ihrer Stube klopft. Dabei hatte sie bei ihrer Verschleppung einen abgrundtiefen Hass gegen alle Deutschen entwickelt und beim Abbild der Schwarzen Madonna geschworen, jedem Deutschen jeden nur erdenklichen Schaden zuzufügen. Nun muss sie sich eingestehen, einen Deutschen mehr zu lieben als jemals irgendeinen anderen zuvor, ja, vielleicht sogar mehr als ihre Mutter. Sie ist so sehr in Gedanken versunken, dass sie fast das leise Klopfen überhört. Wie schlimm, wenn sie tatsächlich eingeschlafen wäre und Willi die ganze Strapaze völlig umsonst auf sich genommen hätte, nein, daran will sie keinen Gedanken verschwenden, jetzt ist er da, alles ist gut gegangen. Sie zieht ihn schnell zu sich herein und löscht die Flamme der großen Kerze.

Nun müssen sie sich Gedanken machen wie es weitergehen soll, sie sind auf Hilfe angewiesen. Die knappen Essensrationen der Dienstverpflichteten reichen noch nicht einmal für sie selbst. Aber sie dürfen auch niemanden in Gefahr bringen und kein Mensch weiß, wie lange der gottverdammte Krieg noch dauern wird. Willi übergibt Gosia den letzten Brief, den ihm seine Mutter an die Front geschickt hatte. Sie soll ihn morgen, wenn sie der Mutter die Kerzen bringt, vorsichtig, damit es niemand sieht, überreichen und ihr sagen, dass sie mit niemandem, wirklich niemandem darüber sprechen darf.

Vorsichtig betritt Gosia am nächsten Tag den Laden und wartet solange, bis Frau Beinert, die heute wieder einmal besonders viel Zeit zum Kauf einer Tütensuppe mitgebracht hat, den

Laden verlässt. Dann stellt sie die Kerzen auf die Theke, zieht vorsichtig den Brief unter ihrer Bluse hervor, schiebt ihn auf die Theke mit den Worten „Wenn sie ihren Sohn nicht noch einmal beerdigen wollen, dann sprechen sie mit niemandem, wirklich niemandem darüber." Kurz bevor sie ihre Fassung verliert, dreht sie sich um und verlässt den Laden.

In dieser Nacht ist es Willis Mutter, die kein Auge zumacht. Sollte es wahr und ihr Sohn am Leben sein? Soll sie wirklich niemanden einweihen, nicht einmal seine Schwestern? Nein, das kann alles nicht wahr sein, sie hat es ja schwarz auf weiß, das Telegramm, das sie sorgfältig in ihrem Nachttisch aufbewahrt. Aber woher hat Marga dann den Brief? Der Postbote musste ihn verloren haben und Willi hatte ihn gar nicht bekommen. Aber hatte sie in dem Brief nicht geschrieben, dass sich Elsa verliebt hat und schon bald heiraten möchte und hatte Willi nicht zurückgeschrieben, dass sie mit dem Heiraten noch warten solle, er möchte sich den Kerl, den seine Schwester zu heiraten beabsichtige, erst einmal anschauen?

Es dauert nur wenige Tage, bis der Mutter auffällt, dass die Milchkannen immer erst dann zur Milchrampe, die sich auf dem Grundstück der Wagners auf der anderen Straßenseite neben dem Wiegehäuschen, hier ist die Waage untergebracht, mit der die Schweine und das Großvieh gewogen werden, wenn sie den Besitzer wechseln oder dem Schlachter zugeführt werden, gebracht werden, wenn das Milchauto bereits bei Dünhölders um die Ecke biegt. Erst seit kurzem wird die Milch mit einem kleinen Lastwagen abgeholt, der von einem jungen, gut gewachsenen Kerl namens Alfred gesteuert wird. Früher hatte immer der alte Täuber aus Rupboden mit seinem Pferdegespann die Milch abgeholt, aber mit zunehmenden Alter fiel ihm das Auf- und Abladen der Kannen immer schwerer und auch Frieda, sein Pferd, war in die

Jahre gekommen und wollte den Leiterwagen nicht mehr so recht ziehen. Deshalb hat diese Aufgabe ein Fuhrunternehmen aus Oberbach übernommen, bei dem Alfred als Fahrer angestellt ist und der nun Willis Schwester den Kopf verdreht.

Fast nimmt die Beziehung ein jähes Ende, als Alfred eine der Milchkannen umfällt und sich die darin befindliche Milch über die neue Schürze ergießt, die Elsa extra für die heutige Begegnung angezogen hat. „Pass doch auf, du dummer Hänsching", entfährt es ihr in ihrer forschen Art. Dummer Hänsching, das heißt so viel wie dummer Handschuh und darüber ärgert sich Alfred so sehr, dass er schnurstracks mit seinem Lastkraftwagen davon braust und eine Woche lang kein einziges Wort mit Elsa spricht. Aber schließlich fragt er sie doch noch, ob sie mit ihm zum Kappenball der Freiwilligen Feuerwehr in Riedenberg gehen würde.

Der Russland-Feldzug hat bereits einer horrenden Zahl Soldaten das Leben gekostet und die Einberufung von Alfred steht kurz bevor. Da ist es immer schön, wenn es zu Hause jemanden gibt, der an einen denkt und für den es sich lohnt, wieder gesund nach Hause zu kommen. So macht Alfred kurzerhand Elsa einen Heiratsantrag und dafür hat er sich etwas ganz Besonderes einfallen lassen. Er lädt Elsa zu einem Sonntagsspaziergang in den nahe gelegenen Kurpark im Staatsbad ein. Zunächst holt er sie nach dem sonntäglichen Gottesdienst in Wernarz mit dem von seinem Chef geliehenen Lastkraftwagen ab, dann fahren sie weiter zum Kurpark und schließlich lädt Alfred die von ihm angebetete Elsa zum Essen in den Fürstenhof ein. Von dort hat man einen herrlichen Blick über den von König Ludwig dem Ersten geschaffenen Kurpark.

Anschließend schauen sie sich noch den kleinen Tierpark oberhalb der alten Remise an, bevor sie dann Hand in Hand zur tausendjährigen Eiche schreiten. In dem hohlen Baum hat Alfred bei einer der täglichen Fahrten nach Eckarts eine alte Milchkanne versteckt. Als sie an der Eiche angekommen sind, zieht Alfred die Milchkanne aus dem hohlen Baumstamm hervor und sagt „Siehst du Elsa, zu jeder Kanne gibt es den passenden Deckel.“ Dann öffnet er die Kanne, zieht einen Blumenstrauß mit wunderschönen Kornblumen, von denen er weiß, dass es Elsas Lieblingsblumen sind, hervor, kniet vor Elsa nieder und fragt mit zitternder Stimme „Willst Du meine Frau werden?“

Die Sonne scheint an diesem herrlich schönen Sommertag, die Vögel zwitschern, er hat ihr den schönsten Tag in ihrem Leben beschert und dann auch noch um ihre Hand angehalten. Wie hätte sie da „Nein“ sagen können? „Ja!“, schreit sie aus vollem Herzen, „Du dummer Hänsching, natürlich will ich deine Frau werden!“

Noch immer ist die Mutter so aufgewühlt, dass sie keinen klaren Gedanken fassen kann. Sollte am Ende doch alles wahr, ihr schmerzlich vermisster Sohn Willi am Leben sein? Mit diesem Gedanken schläft sie erschöpft ein und sie schläft in dieser Nacht viel länger als sonst üblich. Als sie spät am nächsten Morgen aufsteht, sitzt Elsa schon etwas nervös am gedeckten Frühstückstisch. So lange hat die Mutter schon lange nicht mehr geschlafen und das ausgerechnet heute, wo sie doch das Kleid für die Hochzeit aussuchen wollen. In normalen Zeiten hätte sie wenigstens das Trauerjahr abgewartet. Aber jetzt, wo beide Brüder gefallen sind, da will sie den Mann, den sie liebt, wenigstens heiraten, bevor auch er getreu seinem Fahneneid sein Leben auf dem Schlachtfeld aufs Spiel setzen muss.

Vor Zorn würde sie am liebsten platzen, als die Mutter ihr sagt, heute hätte sie auf gar keinen Fall Zeit das Kleid auszusuchen, sie müsse die längst überfällige Inventur im Laden machen. Das mit dem Kleid habe noch genug Zeit, aber wenn sie ihr Kleid unbedingt heute kaufen müsse, dann solle sie auf dem Weg nach Brückenau wenigstens bei Dünhölders fragen, ob diese ihr Gosia zum Helfen schicken können. Zum Aussuchen soll sie ihre kleine Schwester mitnehmen, die brauche ja schließlich auch ein neues Kleid.

Elsa glaubt aus der Haut fahren zu müssen, das schlägt dem Fass den Boden aus! Die Inventur wurde noch nie vor Weihnachten gemacht, zudem hat Mutter Marga das erste Mal »Gosia« genannt und zu guter Letzt soll sie auch noch die kleine Schwester Hanni mitnehmen. Sie versteht die Welt nicht mehr. Und noch einmal, nur um sicher zu gehen, fragt sie „Ich soll wirklich mein Kleid alleine aussuchen?“ In noch forscherem Ton als bisher antwortet ihre Mutter „Du hast dir deinen Mann alleine ausgesucht, da wirst du dir auch das Kleid alleine aussuchen können und jetzt seht zu, dass ihr fortkommt, damit ich bis zur Hochzeit mit meiner Arbeit fertig werde. Und vergiss nicht, mir Gosia zu schicken".

Schon wieder »Gosia«, jetzt hat Elsa aber wirklich genug. Wutentbrannt greift sie das Kuvert mit dem zurechtgelegten Geld für das Brautkleid, schnappt die kleine Schwester, die bereits mit einem frechen Grinsen an der Tür wartet und macht sich auf den Weg in die Stadt. Dünhölders könnten Marga heute selbst gut gebrauchen, neben der Landwirtschaft betreiben sie noch ein Gasthaus und in der Weihnachtszeit finden selbst in Kriegszeiten so manche Weihnachtsfeiern statt. Aber auch wenn die Dünhölders schlecht bei Kasse sind, kaufen sie ihre Lebensmittel bei den Wagners und lassen anschreiben. Das wollen sie sich auf keinen Fall verderben.

Allerdings muss an dieser Stelle erwähnt werden, dass die Dünhölders immer sofort ihre Verbindlichkeiten begleichen, wenn das Geschäft gut läuft oder sie mal wieder ein Stück Großvieh verkaufen können. Im Gegensatz zu manch anderen gut angesehenen Bürgern des Dörfleins, bei denen es Frau Wagner oftmals peinlich ist, sie immer wieder an die offen stehenden Rechnungen erinnern zu müssen. Ich glaube, ich muss nicht darauf hinweisen, dass dies Elsa weniger schwer fällt.

Der Laden ist geschlossen, wegen Inventur, steht auf einem Zettel an der Eingangstür. Doch bevor Gosia klingeln kann, öffnet sich die Tür und sie wird hastig in den Hausflur gezogen. Willis Mutter und Gosia fallen sich in die Arme und beginnen bitterlich zu weinen, ja, jetzt spürt es auch die Mutter ganz deutlich: er lebt. Ganz genau will sie alles wissen, wo versteckt er sich, wie sieht er aus, geht es ihm gut? Frau Wagner brüht frischen, echten Bohnenkaffee auf, den sie extra für Elsas Hochzeit beiseite gestellt hat. Wer weiß in diesen Zeiten schon, wann es wieder mal echten Bohnenkaffee zu kaufen gibt?

Dann gehen sie in die gute Stube und Gosia beginnt zu erzählen, jedes Wort von Willi gibt sie wider, als hätte sie es aufgeschrieben. An manchen Stellen unterbricht sie die Mutter und sie muss alles noch einmal erzählen, zum Beispiel wie Willi mit Eugen und dem Vater Schinken machen wollte. Da entstehen Bilder in ihrem Kopf und nur mit viel Mühe kann sie ihre Tränen zurück halten, losheulen könnte sie vor Glück!

Aber inzwischen ist es Nachmittag geworden, von einer Inventur ist nichts zu sehen und sie müssen sich Gedanken machen, wie es weitergehen soll. Ob sie ihren Willi alsbald sehen und in den Arm nehmen kann?, geht es Frau Wagner durch den Kopf. Gosia verlässt gerade das Haus, als Elsa mit der kleinen Hanni nach Hause kommt, ohne Kleid. Mit Wut im Bauch über das Verhalten ihrer Mutter konnte sie sich für keines der so schönen Brautkleider entscheiden. Und dann hatte sie Marga auch noch so überschwänglich im Vorbeigehen angegrinst!

Als Elsa das Haus betritt, liegt noch immer der Geruch von echtem Bohnenkaffee in der Luft und im Laden gibt es nicht eine einzige Liste der längst überfälligen Inventur, die die Mutter noch am Morgen als so dringlich eingestuft hatte. Am Staub in den Regalen kann sie erkennen, dass hier nicht ein Artikel zum Zählen in die Hand genommen worden ist. Sie hatte es schon geahnt, aber jetzt ist sie sicher, die schlimmen Ereignisse der letzten Monate waren zu viel für die Mutter: sie ist übergeschnappt!

Als sie die gute Stube betritt, die sonst nur für besondere Anlässe und Festtage wie Weihnachten oder Ostern genutzt wird, sieht sie die Mutter eingeschlafen in ihrem Lehnstuhl sitzend, wie sie noch immer mit ihren Händen die Kaffeetasse fest umklammert und ein seliges Lächeln in ihrem Mundwinkel hat. Sie kann ja nicht ahnen, weshalb ihre Mutter in der Nacht kein Auge zugemacht hat.

Von diesem Tag an bringt Gosia viel öfter ihre Kerzen in den Laden und von nun an wird sie ausschließlich von der Mutter bedient. Hätte man genau hingeschaut, wäre einem vielleicht aufgefallen, dass der Korb seither zum Schutz der Kerzen mit einem kleinen Tuch abgedeckt ist und beim Rückweg mit dem leeren Korb hätte ein aufmerksamer Beobachter an Margas Armhaltung eine besondere Anstrengung ablesen können. Innerhalb weniger Tage ist Willi mit dem Notwendigsten versorgt. In den folgenden Nächten macht er es sich richtig gemütlich, endlich hat er ein paar warme Decken und einen kleinen Vorrat an Lebensmitteln kann er sich ebenfalls anlegen. Allerdings kann er wegen der Rauchentwicklung kein Feuer in der kleinen Höhle entfachen, zu gerne hätte er jetzt seinen kleinen Spirituskocher bei sich.

„Jösses na", schreit Elsa vor Entsetzen als sie das Lager betritt, schon wieder sind mehrere Lebensmittel verschwunden. Und sogleich hat sie das Polenluder in Verdacht, die sie immer so schamlos angrinst. Bestimmt macht sie sich jedes Mal den Korb voll, während die Mutter mit einem Handelsvertreter die Bestellungen für die nächste Woche durchgeht oder damit beschäftigt ist, die »ehrliche« Kundschaft zu bedienen. Na warte!

Gerade als die Mutter mit der Stallarbeit fertig ist und in die Waschküche gehen will, um ihre hölzernen Stallschuhe gegen die bequemen ledernen Halbschuhe zu tauschen, die sie sich im Frühjahr am Pfingstmarkt in Oberbach gekauft hat, fährt ein grauer Kübelwagen mit der Aufschrift Feldgendarmerie, darunter der

Reichsadler mit dem Hakenkreuzsymbol an den Füßen, auf den Hof. Starr vor Schreck läuft es ihr eiskalt den Rücken hinunter, als zwei Mann in einer Art Polizeiuniform aussteigen und schnurstracks auf sie zulaufen.

“Heil Hitler. Sind sie Frau Wagner?“ „Ja, die bin ich“, kommt es zögernd über ihre Lippen. „Sie brauchen keine Angst zu haben“, sagt der Ältere der beiden. „Wir sind auf der Suche nach einem Fahnenflüchtigen“, fährt der Jüngere fort. „Hält der sich bei Ihnen auf?“, will der Ältere wissen. „Nein, hier ist niemand, wieso auch?“, gibt sie zu verstehen. „Das tut nichts zur Sache“, erwidert jetzt wieder der Ältere, er will nichts über die Begegnung im Zug und den Brief erwähnen, worüber ihnen der Mann von der Gestapo im grünen Ledermantel berichtet hat. Das würde nur unnötigen Schmerz bei der Mutter, die mit dem Verlust der beiden Söhne im Kampf für die große Sache schon genug Leid ertragen muss, hervorrufen.

„Trotzdem müssen wie uns hier ein wenig umschauen“, kommt es nun wieder von dem Jüngeren. Nachdem sie das ganze Haus inspiziert haben, werfen sie noch einen Blick in das Stallgebäude und die angrenzende Scheune und verabschieden sich mit einem „Heil Hitler“ und dem Befehl, sofort dem Ortsvorsteher Meldung zu machen, falls der Fahnenflüchtige doch noch aufkreuzen sollte. Vielleicht ist er ja doch dem Angriff auf den Zug zum Opfer gefallen und die Kollegen haben wieder einmal schlampige Arbeit geleistet, gibt der Jüngere dem Älteren zu verstehen. Das mit dem Angriff könnte schon möglich sein, meint der Ältere, nur das von der schlampigen Arbeit will er überhört haben.

Es ist schon spät, als dem Herrn Pfarrer wieder einfällt, dass er bei Marga eine besondere Kerze für die Christmette in Auftrag geben will. Die Zeit wird langsam knapp, mehrmals schon hat er es vergessen. Kurz entschlossen macht er sich auf den Weg zu dem kleinen Stallanbau in dem Marga ihre Stube hat. Es brennt nur die kleine Kerze im Fenster und trotzdem wagt er es zu klopfen. Prompt springt die Tür auf und Marga flüstert ins Dunkel hinein „Heute kommst du aber früh, mein Allerliebst!" Wie zu einer Salzsäule erstarrt sie, als sie schemenhaft im Dunkel das Antlitz des Herrn Pfarrer erkennt. Der Allerliebst soll er sein, was in Herrgotts Namen für ein Allerliebst? Verhört muss er sich haben, gibt Marga rasch zur Antwort, auf Polnisch geflucht habe sie, dass sie zu so später Stunde noch keine Ruhe findet. Aber damit gibt sich der Pfarrer nicht zufrieden, warum hat sie so schnell die Tür geöffnet, wenn sie längst schlafen wollte? Er gibt die Kerze in Auftrag und verlässt das Anwesen der Dünhölders.

Ganz schön kalt ist ihm geworden, hat Willi später gesagt, hinter der Holzstiege habe er warten müssen bis der Pfaffe, wie ihn Willi nennt, endlich verschwunden war. Den Pfarrer kann Willi gar nicht gut leiden, weil er immer wieder Anspielungen auf das Techtelmechtel der beiden gemacht hatte. Und überhaupt: was wollte er von seiner Gosia? Als sie ihm von der Bestellung für die Kerze erzählt, kommt Willi gleich in den Sinn, etwas Jauche in die Kerze einzubauen, damit es während der Christmette in der Kirche kräftig stinken würde. Doch davon will Gosia nichts hören, sie selbst ist streng katholisch erzogen worden, darf aber als Dienstverpflichtete nicht am Gottesdienst teilnehmen. Als Willi in dieser Nacht wieder zu seinem Versteck schleicht hat er das Gefühl, jemand würde ihm folgen. Aber in der Dunkelheit kann er nichts Richtiges erkennen und der Schneesturm, der in dieser Nacht tobt, übertönt alle Geräusche. Vielleicht hat er es sich das auch nur eingebildet, seine Nerven liegen nach all dem Erlebten ziemlich blank.

Als Marga zwei Tage später die wirklich wunderschöne Kerze zum Herrn Pfarrer in die Kirche bringt, bittet er sie, diese doch bitte gleich auf dem Altar abzustellen. Fast kommt es ihr so vor, als würde der Herr Pfarrer beim Schließen der mächtigen Kirchentür den Riegel vorschieben, aber warum sollte er das tun? Als sie sich jedoch nach vorne bückt, um die Kerze auf dem Altar abzustellen, da spürt sie, wie sie der Herr Pfarrer von hinten umklammert und sich an ihren kleinen, wohlgeformten Brüsten zu schaffen macht. Sie will gerade laut aufschreien, als der Pfarrer ihr den Mund zuhält und sie fragt, was sie wohl mit einem machen würden, der tot geglaubt sei, sich unerlaubt von der Truppe entfernt habe, ja desertiert sei und nun nachts durchs Dorf schleiche, ums dem Polenluder zu besorgen?

Gelähmt und starr vor Schreck lässt sie zu, dass er ihr den Rock hochschiebt, ihr hastig den Schlüpfer vom Leibe reißt und sich mehrfach an ihr vergeht. Taumelnd vor Schmerz von dem, was ihr angetan wurde, verlässt sie die Kirche. An der Brücke über den kleinen Bach hält sie inne und muss sich übergeben.

Noch am gleichen Tag vereinbart der Herr Pfarrer mit dem Ortsvorsteher, dass die Dienstverpflichtete Marga jeden Freitagabend zum Putzen der Kirche verpflichtet wird und das Martyrium wiederholt sich von nun an Woche für Woche. Sie muss das, was ihr widerfährt, unbedingt für sich behalten, Willi darf es nie erfahren! Er würde den Pfarrer mit seinem Karabiner, den er immer noch in der Höhle versteckt hat, auf der Stelle erschießen und dann wäre alles aus. Man würde sie vor ein Gericht bringen und am nächsten Galgen aufhängen mit samt dem Kind, das sie inzwischen in sich trägt und von dem sie inständig hofft, dass Willi der Vater ist.

Kaum fünf Minuten sind vergangen, seitdem Marga den Laden betreten hat und sogleich wieder mit ihrem Körbchen in auffällig schnellem Schritt verlässt. Fast ist sie schon wieder bei Dünhölders, als plötzlich Elsa hinter dem Wiegehäuschen hervorspringt und laut „Halt“ schreit, „Stehen bleiben, jetzt hab ich dich endlich erwischt!“ Sofort kommen ein paar Eckartser herbei und auch der Hilfspolizist aus Wernarz fährt zufällig mit seinem neuen Dienstfahrrad vorbei. Was denn los sei, will er wissen. Was los ist, das kann ihm Elsa ganz genau erklären! Gestohlen hat sie schon wieder, zum wiederholten Male, das Polenweib. Aber dieses mal komme sie nicht so leicht davon: flux reißt Elsa ihr den Korb aus der Hand und leert den ganzen Inhalt auf die Straße. Frischer Schinken, Eier, die beim Aufprall auf die Straße zerbersten, und Marmelade, die ihre Mutter im Herbst selbst eingekocht hat, ja, sogar frische Brötchen vom Bäcker aus Wernarz kommen zum Vorschein. Fast zeitgleich ruft Frau

Dünhölder aus dem geöffneten Küchenfenster „Marga, wo bleibst du denn? Die Gäste warten schon!“ Und im selben Moment ruft Frau Wagner von der anderen Seite „Um Gotteswillen, was macht ihr denn mit dem armen Mädchen?“ Sie habe sich extra beeilt, weil die Gäste von Dünhölders so ungeduldig seien, fein säuberlich habe sie alles eingetragen in dem Buch, in dem die Dünhölders immer anschreiben lassen, und jetzt liege alles im Dreck. Rasch soll Elsa frische Ware einpacken, zu Dünhölders bringen und ihr für den Rest des Tages aus den Augen gehen. Den entstandenen Schaden werde sie Elsa vom Lohn abziehen und entschuldigen solle sie sich gefälligst bei Gosia. Hat der verdammte Krieg denn nicht schon genug Unheil angerichtet? Aber das sieht Elsa ganz und gar nicht ein, schließlich wollte sie nur die Diebin erwischen und die Mutter vor größerem Schaden bewahren. Sie entschuldigt sich natürlich nicht, denn sie ist sich sicher, dass sie das Polenweib eines Tages schon noch auf frischer Tat erwischen und ihr die Mutter dankend um den Hals fallen werde, da ist sie sich ganz sicher.

An diesem Freitag kann Gosia beim Vorbeiziehen der Zwangsarbeiter, die im Waldlager in der Nähe von Rupboden untergebracht sind, hören, wie sie auf Polnisch darüber sprechen, dass sich die Soldaten in Stalingrad ergeben hätten und sich die Deutschen nun auf dem Rückzug befänden, es somit nur noch eine Frage der Zeit sei, bis die Deutschen den Krieg verlieren würden. Während sich der Pfarrer an diesem Freitag zum wiederholten Male an ihr vergeht, erzählt sie ihm von dem, was sie gehört hat und dass alles bald ein Ende habe.

Es ist früh am Morgen, fast noch Nacht, als eine SS-Mannschaft durch das Dorf rennt. Kettenrasseln unterstreicht den Beinamen „Kettenhunde“ einer als besonders skrupellos geltenden Abteilung der Waffen-SS, deren Erkennungszeichen ein Totenkopf-Emblem an der Mütze und eine schwere Blechkette um den Hals ist. Sie rennen den Bach entlang und kurz nach dem Dorf lassen sie den mitgeführten Schäferhunden freien Lauf. Es dauert nur wenige hundert Meter, bis diese die Fährte aufnehmen und kurz darauf lautstark bellend vor dem völlig überraschten und aus dem Schlaf gerissenen fahnenflüchtigen Deserteur Willi Wagner, der sich daraufhin blass vor Schreck ohne Widerstand ergibt, auf sich aufmerksam machen.

Auch Elsa ist an diesem Tag schon früh auf den Beinen, neugierig geworden von dem, was da vor sich geht, läuft sie zur Dorfmitte, wo sie der Schmied mit den Worten empfängt „Schnell Elsa, lauf nach Hause und sag deiner Mutter Bescheid!" „Warum soll ich Mutter Bescheid sagen?", will Elsa wissen, „Was ist denn los?" „Lauf und sag, sie haben ihn!" „Den Fahnenflüchtigen?", fragt Elsa. „Ja, ja lauf

schnell!“, trägt ihr der Schmied auf, der bereits in Erfahrung gebracht hat, um wen es sich bei dem Fahnenflüchtigen handelt.
„Mutter, komm schnell!“, ruft Elsa ihrer Mutter zu, „Sie haben den Fahnenflüchtigen, den Vaterlandsverräter geschnappt“. Die Mutter wird noch bleicher im Gesicht, als an dem Tag, an dem sie das Telegramm in den Händen hielt. „Meine Güte, begreifst du denn gar nichts!“, fährt sie Elsa an, die völlig ahnungslos ist. „Wie kannst du deinen eigenen Bruder des Vaterlandsverrats bezichtigen!“, stammelt die Mutter und läuft wie von Sinnen zur Dorfmitte. Geistesabwesend folgt ihr Elsa, sie versteht nun überhaupt nichts mehr von dem, was hier vor sich geht.

Wie einen räudigen Hund haben sie ihn zugerichtet und ziehen ihn auf allen Vieren an den neugierig gaffenden Dorfbewohnern vorbei. Auf ein Zeichen des Ortsvorstehers bleiben die zwei SS-Männer, die Willi an den Armen gepackt durchs Dorf schleifen, kurz stehen. Willi hebt mühsam den Kopf und stammelt beim Anblick seiner Mutter „Mama“ und auch die Mutter bringt beim Anblick ihres geschundenen Sohnes nur ein leises „Willi“ hervor, während sie ihm zärtlich über die Wange streichelt. „So, das reicht“, schreien die SS-Männer fast zeitgleich, schubsen Frau Wagner zur Seite und zerren Willi zu dem vor dem Dorf abgestellten Lastkraftwagen.

So hat sich die Mutter das Wiedersehen bei Leibe nicht vorgestellt! Es ist das letzte Mal, dass sie ihren Sohn mehr oder weniger lebendig sieht. Er kommt noch am gleichen Tag vor ein Standgericht und wird als sogenannter Vaterlandsverräter beziehungsweise Wehrkraftzersetzer hingerichtet. In solchen Fällen wird den Angehörigen ein anständiges Begräbnis auf einem Friedhof verwehrt, stattdessen werden die Leichen verbrannt und in einem anonymen Massengrab beigesetzt. Die

Mutter verschont man, da sie neben ihrem Mann nun auch noch den zweiten ihrer beiden Söhne endgültig verloren hat.

Gosia sucht Zuflucht in der kleinen Kirche, in der ihr die Teilnahme am Gottesdienst verwehrt geblieben war und in der ihr unzählige Mal die Würde genommen wurde. Versteckt in einem Beichtstuhl fleht sie tiefgläubig um die Gnade des Herrn. Plötzlich wird die Tür geöffnet und der Herr Pfarrer und der Herr Ortsvorsteher betreten die Kirche. Sofort fängt der Herr Ortsvorsteher an, den Herrn Pfarrer anzuflehen, er müsse ihm helfen, dass sei er ihm schuldig, jetzt, wo sich die Deutschen auf dem Rückzug befänden und viele Gräueltaten zum Vorschein kämen. Die Katholischen hätten doch ihre Mittel und Wege, Menschen sicher außer Landes zu schaffen und schließlich habe er ja erst heute Morgen dem Herrn Pfarrer den räudigen Hund vom Hals geschafft, bevor der ihn nach dem Krieg hätte denunzieren können. Aber der Herr

Pfarrer geht nicht darauf ein, der Ortsvorsteher müsse schon selber wissen, wie er seinen Kopf aus der Schlinge ziehe. Schließlich habe er selbst immer mit großen Eifer dazu beigetragen, das Judenpack an den Pranger zu stellen, um sich nach deren Deportation an dem zurückgelassenen Eigentum zu bereichern. Aufgebracht und uneins über die weitere Vorgehensweise verlassen sie nacheinander das Gotteshaus.

Einige der zurückgebliebenen SS-Männer durchsuchen gerade das Anwesen der Dünhölders nach dem Polenluder, als die Kirchenglocke lautstark zu läuten beginnt. Der Herr Pfarrer, der damit beschäftigt ist, die Durchsuchung des Anwesens mit einem mulmigen Gefühl im Magen genauestens zu beobachten, beauftragt Karl, der seinerzeit lautstark „den Wagner Willi hat´s erwischt" über der Acker rief, die Ursache des ungewöhnlichen Glockengeläuts zu erkunden. Als Karl vorsichtig die schwere Kirchentür öffnet, muss er beobachten, wie der Körper einer leblosen Frau von der um den Hals gebundenen Glockenschnur der schweren Glocke auf und ab gezogen wird. Gosia hat sich und dem Kind in ihrem Bauch zum eigenen Totengeläut das Leben genommen.

„Der Krieg ist aus, der Krieg ist aus, der Führer ist tot“, schreit die kleine Hanni freudestrahlend nur wenige Monate später in die Frühlingssonne, gerade eben haben sie es im Radio gebracht. „Hältst du dein Mund“, fährt sie die Nachbarin an, „das darfst du doch nicht sagen, die sperren euch ja alle weg.“ Aber Hanni hat Recht: der Krieg ist aus!
Im Jahr darauf heiraten Elsa und Alfred endlich. Gosia mit dem Kind in ihrem Bauch hat Frau Wagner direkt neben dem Grab ihres Mannes gegen den Unmut des Herrn Pfarrers beisetzen lassen. Zur Beerdigung waren nur die Wagners

und Dünhölders gekommen. Aber als Frau Wagner am Abend noch einmal zum Friedhof geht, ist das Grab mit zwölf brennenden Kerzen von Gosia geschmückt. Elsa hatte jedem Kunden von der bevorstehenden Beerdigung erzählt und allen eine von Gosias Kerzen angeboten. Später lässt Frau Wagner dann noch einen Grabstein setzen, darauf steht:

Małgorzata Jelenikova

„Gosia“

1925 - 1943

In Liebe und Dankbarkeit

Familie Wagner

Nachdem einige Zeit ins Land gegangen ist, schickt Frau Wagner einen Brief, den sie von einem Spätaussiedler ins Polnische übersetzen ließ, mit einem Foto der Grabstätte an die Heimatdresse von Gosia, der aber nach einigen Wochen mit dem Vermerk »Empfänger Unbekannt« zurückgesendet wird. Über den

Bestattungsort ihres Sohnes Willi lässt man sie zeitlebens in Unkenntnis. Und auch die Angst des Ortsvorstehers ist völlig unbegründet: nach seiner Entnazifizierung hilft er beim Aufbau des von den Amerikanern übernommenen Truppenübungsplatzes Wildflecken und ist bis zu seiner Pensionierung in den Sechziger Jahren für die Regierung von Unterfranken tätig. Für sein außergewöhnliches Engagement während dieser Tätigkeit wird er mit dem Bayerischen Verdienstorden ausgezeichnet.

Die Zeitung liegt aufgeschlagen auf dem Küchentisch, vor dem zusammengekauert Frau Wagner sitzt. Am Ende ist sie sanft eingeschlafen. Der langsam wachsende Tumor in ihrem Kopf, der ihr jahrelang diese unerträglichen Kopfschmerzen bereitet hatte, war zu groß geworden. Aufrecht und geradlinig, wie nur wenige in dieser Zeit, ist sie durch ihr schweres Leben gegangen. Schon als junges Mädchen musste sie ihr Elternhaus verlassen und sich als Haushaltshilfe auf einem Bauernhof in Schondra verdingen. All ihren Schicksalsschlägen trotzte sie mit unzerstörbarem Vertrauen in ihren Herrgott. Ich bin mir sicher, dass er sie in seinem Reich aufgenommen hat und sie dort mit ihrem Mann, Albin, Willi und Gosia ein glücklicheres Dasein führt.

Aus dem Augenwinkel heraus steht in der aufgeschlagenen Zeitung zu lesen: *»Pfarrer aus kleiner Rhöngemeinde bei Brückenau in Würzburg zum Bischof geweiht.«* Was Willi einst dachte und sich nicht laut zu sagen traute, wird traurige Gewissheit

„Der Dank des Vaterlands ist ein Besch…."

Erklärung

In der Novelle kommen Begriffe wie »Iwan«, »Bolschewiken-Weib«, »Judenpack«, »Polenluder« vor. Die Verwendung dieser Begriffe war notwendig, um den zur damaligen Zeit vorherrschenden Zeitgeist widerzuspiegeln. Mir ist es ein wichtiges Anliegen, mich ausdrücklich von diesen Begriffen zu distanzieren.

Am Beispiel »Polenluder«: Nicht nur, dass ich Verwandte in Polen habe: mein Cousin Hans, Sohn meines im damaligen Breitenstein (Kreis Deutsch Krone in der damaligen Provinz Pommern) geborenen Onkels Herbert und seine Frau Mira leben noch heute in Poznan, dem früheren Posen. Auch während zahlreicher Reisen habe ich »die Polen« als wunderbare Menschen achten und schätzen gelernt. Ich hoffe, dass dies in dem Werk zum Ausdruck kommt.

FSC
www.fsc.org
MIX
Papier aus verantwortungsvollen Quellen
Paper from responsible sources
FSC® C105338